QUELQUES MOTS

A M. le Vicomte de CHATEAUBRIAND, Pair de France, et à M. BENJAMIN DE CONSTANT, ancien Tribun;

PAR M. LE MARQUIS DE . . . .

Seconde édition, augmentée de plusieurs notes.

Prix, 1 *fr.*

AF362238

PARIS,

CHEZ DUBRAY, IMPRIMEUR-LIBRAIRE, RUE STE.-ANNE, N°. 57.

ET DENTU, LIBRAIRE, PALAIS-ROYAL, GALERIE DE BOIS.

1818.

Dubray, Imprimeur, rue Ste.-Anne, n°. 57.

QUELQUES MOTS

A M. le vicomte de CHATEAUBRIAND, *Pair de France*, et à M. BENJAMIN DE CONSTANT, *ancien Tribun.*

PAR M. LE MARQUIS DE...... (1).

OBSERVATIONS PRÉLIMINAIRES.

M. LE vicomte de Châteaubriand vient de publier une nouvelle brochure, intitulée : *Du système politique suivi par le Ministère*. Le noble pair nous apprend « que c'est un usage établi en

---

(1) Je déclare que je connais peu les ministres, et que je n'attends aucune faveur du ministère. Mais lorsque tant de gens se présentent sous les couleurs du *royalisme* et sous celle de l'*indépendance*, pour embarrasser la marche d'un Gouvernement qui mérite la confiance de la nation, j'ai regardé comme un devoir de signaler l'exagération des uns, et de démasquer le charlatanisme des autres. Il est temps que les vrais amis du Roi et de la Charte se reconnaissent et se réunissent. Il ne faut pas que l'expérience de 1789 soit perdue pour nous, et que nous soyons encore une fois les dupes des ambitieux et des intrigans.

Angleterre, de s'enquérir de temps en temps de l'état de la nation. » Il regrette que les réglemens des Chambres n'admettent pas en France cette manière de procéder; c'est pour suppléer à cette imperfection des réglemens, qu'il se décide à rompre un silence qui inquiétait ses amis, et à mettre sous nos yeux le bilan politique de la nation.

C'est pour la seconde fois que M. de Châteaubriand nous offre le résultat *de ses enquêtes*. On n'a point oublié qu'à l'époque de l'ordonnance du 5 septembre, il publia un pamphlet, destiné à éclairer les Français sur le danger du *système politique* adopté par le Roi, et suivi par le ministère. Il nous criait de toutes ses forces que l'État était perdu; qu'il existait une conspiration contre la royauté; que les Ministres gouvernaient dans le sens des *intérêts révolutionnaires*, que les royalistes étaient sacrifiés aux hommes de la révolution. Il plaignait le sort des fidèles serviteurs du Roi, en butte à l'*ingratitude* du Gouvernement.

On s'aperçut aisément que par ces mots, *les royalistes*, M. de Châteaubriand ne parlait que d'un petit nombre d'hommes qui s'étaient promis de gouverner l'Etat à leur manière, et de lui faire subir l'épreuve de leurs principes. On ne put s'empêcher de sourire en entendant le mot d'*ingratitude* sortir de la bouche de M. le vicomte de Châteaubriand, élevé à la dignité de Pair de France, et qui ne dédaigne point des faveurs d'un autre genre (1); on comprit que M. de Châteaubriand et ses amis seraient mécontens jusqu'à ce qu'on les eût mis en possession des divers ministères.

Pour arriver à ce but, il était nécessaire de représenter les Français qui, pendant vingt-cinq ans, ont occupé des emplois, ou acquis des intérêts nés du nouvel ordre de choses, comme des hommes essentiellement ennemis de la royauté, et en conspiration permanente contre la monarchie. M. de Châteaubriand, accoutumé à embellir les fictions, ne recula point devant cette idée : il accusa tous les Français, qui ne demandent que le repos et une sage liberté, de former une faction qui entraînait le Gouvernement à un nouveau 20 mars; il déclara que les Ministres étaient les complices ou les instrumens de cette faction; que la révolution était sur le point de r'ouvrir ses volcans éteints, et d'embrâser l'Europe entière. Son imagination se créa des fantômes, qu'il poursuivit avec ardeur, et qu'il poursuit encore avec une déplorable persévérance.

Cependant, au travers de toutes ces fictions, il se mêlait quelque chose de trop réel qu'il est convenable d'indiquer. Je ne saurais mieux faire que de laisser parler M de Châteaubriand :

« On gouverne, dit-il, pour *les intérêts*, nul-

---

(1) M. de Châteaubriand a une *sine cure* de 16,000 fr. pour faire des pamphlets contre le Gouvernement.

» lement pour *les principes.* On a cru que l'œuvre » et le chef-d'œuvre de la restauration consistait » à conserver à chacun la place qu'il occupait. » Cette stérile et timide idée a tout perdu ; la » restauration n'a point marché, et la France » a été replongée dans l'abîme (1). »

Voilà un acte d'accusation bien complet. Les Ministres ont eu la stérile et timide idée de gouverner pour *les intérêts* et non pour *les principes.* Cependant comme les principes constitutionnels garantissent les intérêts légitimes, on ne conçoit pas trop comment en protégeant les uns on peut violer les autres. Mais, en adoptant un système de politique qui devait rendre la France respectable au-dehors et tranquille au-dedans, le ministère ne pouvait se dissimuler qu'il s'exposait aux attaques passionnées de tous ceux qui ne peuvent s'élever s'ils ne sont poussés par des factions. En effet, les injures ne lui ont pas manqué ; les actes du Gouvernement ont été l'objet des plus violentes diatribes. D'obscurs libellistes, voilant leur infamie d'un prétendu dévouement à la cause royale, ont clandestinement recueilli et mis en circulation tous les grossiers mensonges, toutes les offensantes personnalités dont la haine se repaît, et dont l'esprit de parti fait son profit. La pudeur publique a repoussé leurs absurdes calomnies, qui n'ont

(1) *Mélanges de politique*, 2e. partie, pag. 793, 794.

trouvé d'échos que dans quelques salons de la capitale, rendez-vous de l'ambition déçue.

Si le Ministère eût gouverné pour les principes de M. de Châteaubriand, et non pour les intérêts de tous, qu'en serait-il résulté? Je le demande à ces autres adversaires des Ministres qui ont aussi *leurs principes* pour lesquels ils voudraient gouverner, sans égard pour *les intérêts*. Quelle serait leur position? quelle serait la position de la France? Pensent-ils que l'ordonnance du 5 septembre eût été rendue, que la réaction de 1815 se fût arrêtée? Je leur demande encore si la loi des élections eût été présentée ou adoptée, loi de la plus haute importance, qui met les principes et les intérêts sous la sauve-garde de la nation? N'est-ce pas à ces deux grandes victoires de la sagesse sur les passions perturbatrices que nous sommes redevables de la considération dont la France jouit dans l'étranger, de l'amélioration du crédit public, de la sûreté des personnes, de la paix des familles, des progrès de la liberté, et de l'espoir certain d'un meilleur avenir.

Lorsque des hommes qui, après le second retour du Roi, ne réclamaient que la clémence du Prince et les bienfaits de l'oubli, se réunissent aujourd'hui à ceux qui, hier encore, leur prodiguaient l'insulte et la menace, pour s'opposer aux mesures les plus propres à maintenir la paix intérieure, je ne puis assez déplorer les séductions de l'esprit de parti, et je crois voir l'aveugle de la fable qui saisit un serpent pour assurer sa marche (1).

Je parle ici des hommes sincères dans leurs opinions; car je ne m'adresse point à ce petit nombre de furieux qui seraient charmés que le pouvoir passât aux mains de ceux qu'ils regardent

---

(1) Une chose digne de remarque, c'est le ton *vague* et l'assurance incroyable avec laquelle un petit nombre de membres de l'opposition, entre lesquels je ne citerai que M. le marquis de Ch...., expriment des opinions si récemment adoptées. Nouveaux apôtres de la liberté, anciens adorateurs du despotisme, ils semblent se plaire à braver la puissance de l'opinion. Ils ignorent que la modération est la compagne inséparable de la conciliation, et qu'on acquiert rarement toute l'importance qu'on croit se donner aux yeux de quelques membres fougueux de son parti. M. le marquis de Ch....... et consorts ne peuvent faire oublier qu'ils ont été les plus ardens soutiens du despotisme pendant l'usurpation; ils pourraient se réfugier dans les rangs des *constitutionnels* qui accueillent le repentir; mais il faut que ce repentir soit sincère, qu'on se montre docile aux leçons de l'expérience, et que, par des phrases tranchantes et des sarcasmes hors de saison, on ne réveille pas des souvenirs accusateurs. Par exemple, *la loi du recrutement* est un des actes du Gouvernement les plus propres à lui concilier les hommes sincèrement attachés à leur pays. Il semble que dans la discussion qui a eu lieu à ce sujet, le ministère devait s'attendre à quelques égards de la part de M. de Ch....., qui se vante d'aimer les institutions libérales, amour fort vif comme toutes les passions naissantes. Toutefois, M. le marquis, forcé de reconnaître le but salutaire de cette loi, a fait cette concession de si mauvaise grâce qu'on aurait pu aisément la prendre pour une attaque. C'est ainsi que l'esprit de parti révèle son existence. Il se trouve parmi *les indé-*

comme les éternels ennemis des franchises nationales, dans l'espérance que leur système politique entraînerait le renversement de la Monarchie, insensés qui ne voient pas qu'ils en seraient les premières victimes, comme tous ceux qui ont joué ce jeu imprudent et cruel pendant le cours de nos discordes civiles.

Je le répète donc, c'est pour les hommes de bonne foi, pour les vrais amis du Roi, de la Charte et de la liberté que je publie les réflexions que la nouvelle brochure de M. le vicomte de Châteaubriand a fait naître dans mon esprit. Je veux leur prouver que le système politique du parti dont il est l'organe, n'a point changé; que le zèle récent de ses membres pour pousser subitement les principes abstraits de la liberté à leurs conséquences les plus rigoureuses, sans considérer l'état des choses, les intérêts du grand nombre, et la stabilité des institutions constitutionnelles, n'est qu'un piége tendu aux partisans sincères de la Monarchie et de l'ordre public. Je veux

---

pendans des hommes estimables qui seront éclairés par une telle conduite, qui aimeront mieux se ranger avec franchise sous la bannière constitutionnelle, que de servir d'instrumens serviles à quelques individus, auxquels il serait honteux de soumettre son opinion, sous quelque rapport qu'on les envisage, sous le rapport du talent ou sous celui de la considération, qui fuit toujours les protées politiques, et qui ne croient pas à des professions de principes si contraires à l'histoire de toute la vie de ceux qui les font *si nouvellement*.

aussi prouver à la nation entière que sa confiance dans le Gouvernement, manifestée par tant de nobles sacrifices, et récompensée par la consolidation de ses droits, est aussi honorable pour elle, qu'utile à ses intérêts actuels et à ses intérêts futurs. Assez d'autres écrivains recherchent une trompeuse popularité par de perfides insinuations, par des attaques calomnieuses, par des professions de principes peu d'accord avec les antécédens de leur vie publique et privée; pour moi je ne désire que le bien de mon pays. Après toutes les catastrophes dont nous avons été témoins, après tous les dangers que nous pouvions courir et que nous avons si heureusement évités, je me sens disposé à la reconnaissance envers un Gouvernement qui a prévenu, qui prévient encore l'explosion des haines, le soulèvement des passions ennemies, qui nous garantit des périls de l'anarchie, et qui, pour me servir de l'expression de M. le vicomte de Châteaubriand, gouverne pour les intérêts du trône comme pour ceux de toutes les classes de citoyens.

CHAPITRE Ier.

Esprit général du système politique suivi par le Ministère.

Pour procéder avec méthode, je vais d'abord exposer ce que M. le vicomte de Châteaubriand regarde comme le système politique du Ministère.

« 1°. Le Ministère persécute les royalistes. La » condition des royalistes est devenue pire qu'elle » ne l'a été depuis qu'on a cessé de les proscrire. » Quels rôles jouent-ils? Ils sont restés nus » comme ils l'étaient sous Buonaparte. Ils sont » haïs comme *des vainqueurs* et dépouillés comme » *des vaincus*. On les poursuit avec l'ancien cri » des assassinats.

» 2°. Le Ministère s'excuse de ces persécutions, » en disant que les intérêts de la révolution sont » puissans, et qu'il faut beaucoup leur accorder. » Il n'appartient qu'à la nouvelle école ministé- » rielle de faire *de l'ingratitude* un principe de » Gouvernement.

» 3°. Le Ministère n'a pas voulu faire de roya- » listes. J'avais dit : (M. le vicomte de Château- » briand) *Faites des royalistes ;* on a mieux aimé » faire autre chose.

» 4°. Le Ministère protége spécialement les » hommes qui, au retour du Roi, se seraient esti- » més heureux d'être oubliés. C'est à eux aujour- » d'hui qu'appartiennent les récompenses et les » honneurs; ils sont devenus des personnages im- » portans et exigeans.

» 5°. Le Ministère se plaît à ranimer les étincelles » du feu de la révolution. Il soutient que la France » est révolutionnaire. Le Ministère oublie les ou-

» trages commis, et les services rendus pendant
» les cent jours (1).

» 6°. Le Ministère triomphe parce que tout » marche paisiblement. La révolution n'enfantera » que la révolution. Les méchans diront : Si l'on » traite ainsi *le bois vert*, que fera-t-on *du bois* » *sec?*

---

(1) M. le vicomte de Châteaubriand n'est pas le seul membre de la Chambre des Pairs qui accuse le ministère *de protéger les doctrines et les intérêts révolutionnaires.* Un de ses nobles amis, M. le duc de Fitz-James, a soutenu la même thèse dans une brochure intitulée : « *Opinion de M. le duc de Fitz-James sur le projet de loi relatif aux journaux.* » Ce dernier va même plus loin que M. le vicomte. « *la révolution*, dit-il, *engendra Buonaparte, Buonaparte engendra nos ministres : qu'on ne perde pas de vue cette double origine, et l'on aura l'explication de tout ce qui se passe.* »

Je vais raisonner dans la supposition que M. le duc de Fitz-James connaît *son opinion* et a lu *sa brochure*, supposition que beaucoup de personnes qui ont apprécié les talens du noble pair seront peut-être tentées de révoquer en doute. Toutefois, comme il a prêté le poids de son nom aux lucubrations indigestes de quelque *amanuensis*, il est juste qu'il en supporte la responsabilité.

Que penser d'un pair de France qui se targue de son royalisme et qui pousse l'irrévérence, à l'égard du Roi, jusqu'à représenter les hommes investis de sa confiance comme des ministres engendrés par Buonaparte. Certes, s'ils ont été élevés au ministère, ce n'est point par Buonaparte, c'est par le Roi lui-même; et, à moins qu'on ne veuille confondre la légitimité avec l'usurpation, il est impossible de n'être pas révolté d'un tel rapprochement. C'est un excès d'audace qui étonne-

» 7°. Le Ministère, à l'époque des élections, a » embrassé les royalistes, et leur a tourné le dos le » lendemain.

» 8°. Voilà, considéré dans son esprit général,

---

rait dans un autre personnage que M. le duc de Fitz-James. Il est probable qu'il n'a pas compris *son opinion.*

Ce noble pair parle aussi de la persécution des royalistes. Pour sa part, il a été persécuté de trente mille livres de rente bien comptées qu'il empoche régulièrement avec une résignation exemplaire. Il se console de cette persécution en se faisant le détracteur d'un Gouvernement qui pardonne volontiers à l'erreur lorsqu'elle est si près de la sottise.

On serait moins indulgent en Angleterre. Dans ce pays où l'on sait apprécier les convenances politiques, on ne supporterait pas de voir une personne du gouvernement recevoir d'une main les bienfaits de la couronne et de l'autre s'en servir pour insulter personnellement les dépositaires du pouvoir royal, et rédiger des calomnies dont on endosserait officiellement la honte. Une telle conduite exciterait l'indignation et un autre sentiment moins flatteur encore.

« *Le peuple souffre, le peuple est malheureux, il ne voit que son affreuse misère.* » Ces paroles étonnantes et qui rappellent les plus furibondes déclamations des *ultrà-révolutionnaires* d'une autre époque, étaient destinées à sortir de la bouche de M. le duc de Fitz-James dans la Chambre des Pairs. Elles se seraient probablement évaporées sans laisser de traces au milieu de cette noble assemblée, qui sait à quoi s'en tenir sur la portée de M. le duc. Mais ces paroles ont été fixées par le secours de la presse, elles ont été lancées dans le public; et si elles n'ont produit aucun mauvais effet sur l'opinion, ce n'est pas la faute de M. le duc de Fitz-James.

Voilà pourtant les hommes qui se présentent comme les amis exclusifs du Monarque. Couverts de ses royales faveurs, ils

» le système politique offert à notre admiration
» et à celle de la postérité. »

Après avoir lu cette étrange série de propositions, on est surpris qu'un homme distingué par son rang et par son esprit, ait pu croire un seul instant qu'elles obtiendraient quelque crédit chez un peuple qui n'a jamais essuyé le reproche de stupidité.

« *Les royalistes sont persécutés; ils sont nus, on les dépouille comme des vaincus* (1). »

---

ne songent qu'à embarrasser son gouvernement, à donner des armes à la malveillance, à exciter le mécontentement du peuple, et à nous précipiter dans de nouveaux malheurs. Cette conduite donne de la consistance à une idée généralement répandue : c'est que chez eux l'amour de la royauté n'est que l'amour du pouvoir, et que le salut de l'Etat leur importe peu, pourvu qu'ils obtiennent les moyens de satisfaire leur ambition.

Il est fort aisé lorsqu'on reçoit du trésor royal plus de trente mille livres de rente de s'appitoyer sur la misère du peuple. Malheureusement ces trente mille livres ôtent quelque chose à la garantie du raisonnement, et le peuple français qui connaît les masques a cessé depuis long-temps d'être dupe. Il sait où sont ses amis et ses ennemis.

Je conseille à M. le duc de Fitz-James de congédier son *amanuensis*. Puisqu'il y a tant de misère en France, il peut mieux employer son argent.

(1) Lorsque M. de Châteaubriand fit paraître son fameux manifeste *de la Monarchie*, il avait, outre la *sine cure* de 16,000 fr., une autre *sine cure* de 20,000 fr. Voilà, il faut l'avouer, une *nudité* dont beaucoup de *vainqueurs* véritables seraient jaloux.

Il me semble qu'il eût été convenable que de pareilles assertions eussent été appuyées de quelques faits. Les Français sont ennuyés de déclamations; ils n'aiment pas à voir reparaître, sous une autre couleur, cette rhétorique révolutionnaire qui ne s'adressa jamais à la raison, et qui n'a jamais été employée que pour agiter les esprits et enflammer les passions.

Demandons à M. de Châteaubriand, quels sont les royalistes qui sont dépouillés par le Ministère, comme des vaincus, et dans quels lieux on les poursuit avec le cri des assassinats. Eh quoi! toutes les places n'ont-elles pas été prodiguées aux royalistes en 1815? Il n'y a si mince hameau où, à cette époque, l'épuration n'ait pénétré; il n'est si mince emploi qui n'ait trouvé des solliciteurs, et qui n'ait été trop souvent le prix de quelque délation. Sans doute, ceux que désigne M. de Châteaubriand auraient voulu être traités comme *des vainqueurs*. Mais de quel droit auraient-ils été ainsi traités? de quel droit aurait-on dépouillé les autres citoyens pour revêtir M. de Châteaubriand et ses amis? C'est le principe de la légitimité, principe nécessaire au repos de l'Europe, qui a vaincu dans cette grande lutte, et qui doit obtenir les avantages de la victoire. La légitimité s'est armée de la Charte, et la Charte a conquis l'opinion, en garantissant tous les intérêts. Il n'y a eu en France *ni vainqueurs ni vaincus* (1). Tous, suivant leur probité et leurs talens, ont droit aux honneurs et aux places. Vouloir gouverner la France, en sacrifiant les intérêts du grand nombre aux intérêts du petit nombre, serait probablement un *système de politique* agréable à quelques ambitieux. Il ne s'agit que de savoir si la chose est possible, et si l'anarchie ne sortirait pas d'un pareil système de gouvernement. Quand M. de Châteaubriand sera de sang froid, je le prierai de répondre à ces questions. En attendant, sachons quelque gré au Ministère de n'avoir pas traité M. le vicomte et ses amis comme *des vainqueurs.*

« *La nouvelle école ministérielle fait de l'ingratitude un principe de gouvernement.* »

Toujours la même idée, toujours les mêmes prétentions. Si M. de Châteaubriand et ses amis n'ont pas tout, ils n'ont rien; si on ne les couvre pas d'or, de dignités; si on ne leur livre pas les sueurs du peuple, ils sont mécontens; on est ingrat envers eux. C'est ainsi que des seigneurs protestans, qui avaient bien quelque droit à se présenter *comme vainqueurs*, se plaignaient que les Ministres de Henri IV faisaient un principe de

---

(1) « Il n'y a eu ni vainqueurs ni vaincus. Il n'y a eu que des » erreurs et de l'indulgence, des sujets et un père. » (*Discours du Ministre de la police générale à la Chambre des Pairs, dans la séance du 24 février* 1817.)

gouvernement de l'ingratitude. Ils auraient voulu que Henri ne régnât que pour eux seuls, ou plutôt ils voulaient régner sous son nom. Il faut lire, dans les mémoires du temps, avec quelle amertume ils accusaient les Ministres de favoriser les ennemis du Roi, et de persécuter ses plus fidèles serviteurs. Henri IV, qui savait quels étaient les devoirs de la royauté, ne fut ébranlé ni par ces reproches, ni par ces clameurs. Aussi, dit Sully à cette occasion, « si les ennemis du Gouvernement du Roi » se plaignaient de *son ingratitude*, il n'en est pas » moins vrai que l'abondance commençait à re- » naître; que, délivré de tous ses tyrans dans la » finance, la noblesse et la milice, le paysan ense- » mençait et recueillait en assurance; l'artisan s'en- » richissait de sa profession; le plus petit mar- » chand se réjouissait du profit de son trafic, et » le noble lui-même faisait valoir ses revenus (1) ».

L'Histoire reconnaîtra que Louis XVIII était le digne petit-fils de Henri IV.

« *J'avais dit* (c'est M. de Châteaubriand qui parle), *faites des royalistes; on a mieux aimé faire autre chose* ».

Je crois qu'on a fait plus sagement que de faire des royalistes à la manière de M. de Châteaubriand; royalistes qui ne cessent de se tourmenter et de tourmenter les autres, parce qu'ils ne sont pas

(1) *Mémoires de Sully*, tom. VI, page 104.

investis du pouvoir, qu'on ne leur permet pas d'envahir tous les emplois, et de disposer à leur profit des trésors de l'Etat. Ces royalistes ont beau exalter leur royalisme, ils se révèlent eux-mêmes par l'exorbitance de leurs prétentions.

Il est d'ailleurs probable que la méthode proposée par M. de Châteaubriand, pour faire des royalistes, ne convenait pas au Ministère. C'était avec *des prévôts* et *des gendarmes* que le noble pair se chargeait de faire autant de royalistes qu'on lui en demanderait. Cette méthode expéditive n'aurait pas été du goût de tout le monde; et il est à craindre qu'elle n'eût fait *autre chose* que des royalistes. J'aime mieux la manière adoptée par le Gouvernement, elle me paraît beaucoup plus en harmonie avec le caractère et l'esprit de la nation. L'oubli pour l'erreur, la justice, la modération, des garanties pour tous les intérêts, pour tous les droits, voilà ce qui peut attacher des Français reconnaissans au Roi légitime, et ce qui fait des royalistes plus sûrement que des gendarmes et des prévôts.

« *Le Ministère protége spécialement les hommes qui, au retour du Roi, se seraient estimés heureux d'être oubliés. Ces hommes sont devenus importans.* »

Si M. de Châteaubriand avait nommé les hommes auxquels il fait allusion, on pourrait lui répondre cathégoriquement; mais à des accusations vagues, il est difficile d'opposer des explications précises. Je ne sais pas quels sont ces hommes qui, au retour du Roi, se seraient estimés heureux d'être oubliés, et qui sont aujourd'hui des personnages importans, à moins que M. de Châteaubriand ne veuille parler des honorables auxiliaires que les honorables amis du noble Pair ont trouvé dans une autre Chambre.

« *Le Ministère se plaît à ranimer les étincelles du feu de la révolution ; il soutient que la France est révolutionnaire. Le Ministère oublie les outrages commis, et les services rendus pendant les cent jours* (1) ».

Ceci est plus sérieux et plus positif. M. de Châ-

---

(1) M. le marquis de Causans, membre de la Chambre des Députés, est aussi d'avis « *que le ministère se plaît à ranimer les étincelles du feu de la révolution.* « C'est pour nous révéler ce grand secret qu'il s'est décidé à rompre un silence qui accommodait tout le monde, et qui était surtout favorable à l'orateur. Il y a souvent beaucoup d'habileté à se réfugier dans le silence.

M. le marquis est agité de la plus vive inquiétude lorsqu'il voit « *dans les Ministres de Louis XVIII la même sécurité,* » *le même sang froid qu'il a remarqué dans ceux de l'infor-* » *tuné Louis XVI; lorsqu'il voit dans ces Ministres le* » *même amour pour les idées prétendues libérales, la même* » *complaisance, les mêmes ménagemens, les mêmes égards* » *et peut-être la même crainte pour ceux qui en poussent* » *les conséquences au-delà de toutes les bornes.* »

Si M. le marquis de Causans veut se rassurer, il n'a qu'à interroger plusieurs de ses collègues. M. d'Argenson, M. le marquis de Chauvelin, et *tutti quanti*, lui répondront que le Ministère est le plus grand ennemi de *ces idées pré-*

BIBLIOTHÈQUE IMPÉRIALE IMPR.

teaubriand renouvelle le reproche qu'il a toujours fait au Ministère de favoriser *les intérêts révolutionnaires*, et de conspirer contre la Monarchie. Il aurait été nécessaire d'expliquer ce qu'on entend par *les étincelles du feu de la révolution*. Si

---

tendues libérales, que les Ministres sont des hommes qui ont plus de respect pour les circonstances que pour les principes ; qu'on n'obtiendra jamais d'eux *qu'ils poussent les conséquences* de ces principes jusqu'où elles peuvent aller; et qu'ils n'ont pas *assez de ménagement* pour les hommes *à principes*.

Peut-être M. le marquis de Causans aimera-t-il mieux s'en rapporter à l'opinion pseudonyme de M. le duc de Fitz-James. Celui-ci lui enverra sa brochure, où il apprendra avec plaisir que les Ministres, sans en excepter M. le duc de Richelieu et M. Lainé, sont des Ministres de la façon de Buonaparte, qui ne passait pas généralement pour un zélé partisan des idées libérales, et qui avait plus de confiance dans les baïonnettes de ses grenadiers que dans les principes des idéologues. Il ne pourra pas se dispenser de convenir, avec M. le duc de Fitz-James, que les ministres sont les ennemis des institutions libérales, et qu'il faut les ramener sur le terrain des principes et les forcer à en adopter toutes les conséquences. Après des assurances si positives, M. le marquis de Causans pourra rentrer sans crainte dans l'habitude de son silence.

M. le marquis de Causans paraît avoir une excellente mémoire. Il était membre de l'Assemblée Constituante, et il se rappelle parfaitement tout ce qui s'est passé à l'époque où cette Assemblée *constituait* l'anarchie ; il doit en conséquence savoir, mieux qu'un autre, qu'un des moyens que les factieux de cette époque employèrent avec le plus de succès pour favoriser la révolution, fut, d'une part, de décréditer le Gouvernement du Roi, d'accuser sans cesse, de dénoncer, sans prouver,

l'on entendait par hasard les principes sur lesquels la Charte est fondée, je veux dire, l'abolition irrévocable des priviléges, l'égalité des citoyens devant la loi, le vote libre des impôts, l'admission de tous les Français aux emplois, la liberté de conscience, la liberté publique et privée, faudrait-il blâmer le Ministère d'entretenir « *ces étincelles du feu de la révolution* ». Il est vrai que ces droits ont été, dans l'origine, conquis révolutionnairement; mais ils sont aujourd'hui consacrés par la Charte. C'est l'exercice de ces droits précieux qui préviendra toute espèce de révolution.

Il serait facile de renvoyer l'accusation à sa source, et d'indiquer, d'une manière satisfaisante, quels sont ceux qui raniment *le feu de la révolution*. Ce sont les individus qui se conduisent, à l'égard du Roi et de ses Ministres, précisément comme les premiers artisans de nos troubles poli-

---

les hommes investis de sa confiance; de l'autre, d'aigrir les esprits par des récriminations inutiles, de créer une opposition irréfléchie et désordonnée, enfin, de se réunir quelquefois aux révolutionnaires pour aggraver le mal, dans l'espoir que l'excès de la licence tuerait la liberté et ramènerait le régime des priviléges.

Si Louis XVI, qui était la bonté même, qualité qui lui était commune avec son auguste frère, eût eu, comme lui, l'expérience de l'adversité et cette fermeté inébranlable nécessaire aux chefs des nations, l'esprit de parti ne lui eût point imposé des Ministres, et la monarchie aurait été sauvée.

tiques se conduisaient en 1789. C'est en semant des soupçons vagues, en cherchant à porter la terreur dans les imaginations faibles, en supposant des conspirations et des dangers chimériques, en criant sans cesse à l'abus du pouvoir, en substituant le langage des passions à celui de la raison, qu'on parvient à surprendre la confiance des peuples, et à les précipiter dans les excès de la licence. On nous parle toujours de *révolutionnaires*, comme s'il y avait aujourd'hui en France d'autres révolutionnaires que les ennemis de la Charte et de la Monarchie légitime; c'est-à-dire, des monstres ou des fous. Que les partisans d'une sage liberté, que ceux qui pensent que les intérêts acquis depuis trente ans doivent être respectés, sous peine d'anarchie, ne s'effraient pas de cette accusation calomnieuse ! Ce n'est plus avec des phrases qu'on peut égarer les esprits, jeter le Gouvernement dans une fausse route, et en imposer à la nation. Tout tend au repos en France; tout tend à la consolidation du Gouvernement constitutionnel. Les Français, qu'on nomme *révolutionnaires*, ont obtenu ce qu'ils désiraient : libres sur une terre affranchie, ils ne veulent point de révolution qui les ramènerait à l'anarchie et de l'anarchie au despotisme. Ils s'attachent de plus en plus au Monarque dont le pouvoir légitime protége tous les droits et tous les intérêts; ils ne craindraient la ruine de l'Etat et leur propre ruine, que s'ils voyaient arriver au pouvoir les hommes qui ne dissimulent point leur haine contre les intérêts nationaux, qu'ils sont convenus d'appeler intérêts révolutionnaires (1).

« *Le Ministère oublie les outrages commis pendant les cent jours* ».

Le Ministère, en oubliant ces outrages, obéit sans doute à la volonté du Roi, fondée sur la raison et la justice. Ce n'est point en exerçant des vengeances, c'est par l'oubli et la modération qu'on termine les révolutions, qu'on rétablit la sécurité dans les familles et le repos dans l'Etat. Les *cathégories*, les proscriptions et les échafauds sont de mauvais moyens de Gouvernement. Dieu nous garde de gens qui n'oublient rien que leurs propres excès !

« *Le Ministère triomphe parce que tout marche paisiblement. La révolution n'enfantera que la révo-*

---

(1) Ce qu'il y a de singulier dans l'opposition qui s'est formée contre le Gouvernement du Roi, c'est la discordance des opinions. Les chefs de cette opposition accusent unanimement le Ministère, et leurs accusations sont tellement contradictoires, que les unes sont la réfutation des autres. Par exemple, M. Cornet-d'Incourt reproche aux conseillers-d'état, et même à un commissaire du Roi, de prêcher les doctrines d'un pouvoir absolu, tandis que M. de Villèle, à propos de *la loi sur le recrutement*, assure que les Ministres proposent de sacrifier la prérogative royale. Cette divergence d'opinion est l'un des symptômes les plus frappan de la présence et de l'aveuglement de l'esprit de parti.

lution. Les méchans (les révolutionnaires) diront: « Si l'on traite ainsi le bois vert, que fera-t-on du bois sec? »

Si rien ne marchait paisiblement, serait-ce là un grand sujet de triomphe pour le Ministère? Faut-il pour arriver à la paix commencer par semer le désordre. La révolution n'enfantera que la révolution, phrase à prétention qui ne signifie rien. Les révolutions n'enfantent de révolutions, c'est-à-dire, les troubles ne se perpétuent dans un Etat que lorsqu'un Gouvernement est assez faible ou assez imprudent pour administrer dans les intérêts d'un parti, et non dans les intérêts de la nation. On ne pourrait marcher paisiblement en répandant les inquiétudes et les alarmes. Voulez-vous que la révolution enfante la révolution, laissez faire ceux qui voudraient tout déplacer pour tout envahir. Les méchans diront : « Si l'on traite ainsi le bois vert, que fera-t-on du bois sec? » Je suppose que par *le bois vert*, M. de Châteaubriand entend ceux qu'il nomme royalistes, et par *le bois sec*, les personnes qu'il désigne sous le nom de révolutionnaires. Je ne pense pas que *le bois vert* ait été maltraité, et qu'il faille brûler *le bois sec*. Ce n'est pas la première fois que les bois portent malheur à la rhétorique de M. de Châteaubriand.

« *Le Ministère, à l'époque des élections, a embrassé les royalistes, et leur a tourné le dos le lendemain.* »

Il est difficile de s'entendre lorsqu'on n'est pas d'accord sur le sens des mots. Les hommes que M. de Châteaubriand appelle royalistes sont-ils vraiment royalistes ? est-ce bien à ces gens-là que le Ministère a fait un appel lors des dernières élections? Beaucoup de personnes ne regardent comme royalistes que les Français attachés au Roi et à la légitimité, non pour servir leurs passions et leurs intérêts, mais parce que la légitimité est un principe de conservation et de stabilité; elles n'admettent pour royalistes que les hommes qui servent le Roi comme il veut être servi, qui respectent des institutions établies dans l'intérêt général, qui ne sont ni jaloux, ni envieux, et qui ne traitent point de *méchans* les Français dont le seul crime est d'être nés en France pendant un quart de siècle. Voilà les royalistes qui ont dû entendre l'appel du Ministère, et auxquels aucun homme de bon sens ne sera tenté *de tourner le dos.*

« *Tel est, considéré dans son esprit général, le système politique offert à notre admiration et à celle de la postérité.* »

En écartant les exagérations familières à M. de Châteaubriand, on voit, d'après ses propres aveux, que le système politique du Gouvernement consiste à repousser les efforts des partis qui n'aspirent au pouvoir que pour réveiller d'anciennes querelles, et remettre en question ce qui est décidé;

à remplir le vœu du Roi exprimé dans la Charte, qui recommande à tous les Français l'oubli du passé, la modération et l'union; à ne pas attaquer les *intérêts révolutionnaires*, c'est-à-dire les ventes de biens nationaux et les principes conservateurs de la liberté publique; à chercher par toutes les voies légitimes à désarmer les haines, à prévenir les vengeances, à rétablir la confiance, et, par une conséquence nécessaire, le crédit public. J'ignore les secrets de l'avenir; mais si la postérité condamne un tel système, elle sera digne d'admirer celui de M. de Châteaubriand.

Examinons notre position actuelle. Voyons d'où nous sommes partis et où nous sommes arrivés? Quelles n'étaient pas nos craintes en 1815? Affaiblis par nos divisions, irrités par les malheurs des cent jours, consternés de la présence de l'étranger, appelés, dans un état d'épuisement à de grands sacrifices, nous n'osions envisager l'avenir sans un profond sentiment de terreur. Les esprits s'aigrissaient et s'agitaient dans nos provinces comme dans nos assemblées; tous les anciens souvenirs étaient vivans, et nous marchions à grands pas vers une révolution terrible dans ses fureurs, plus terrible peut-être dans ses résultats. Dans cet état de choses, les regards de la France et de l'Europe se tournaient vers le Roi. C'est du trône seul que pouvaient partir des paroles de consolation et de paix; c'est auprès du trône que les Français, menacés de tant de périls, cherchaient une protection efficace. Ils espéraient dans la sagesse du Roi; leur espoir ne fut pas trompé. Les projets de vengeance, la fureur des réactions, les mouvemens convulsifs de l'esprit de parti vinrent expirer au pied du trône. L'ordonnance mémorable du 5 septembre rétablit le calme dans les imaginations troublées, et porta la joie dans les cœurs. Cependant, comme si le Ciel eût voulu montrer aux peuples qu'il n'est point de calamités au-dessus des forces d'une nation généreuse, lorsqu'elle est placée sous l'égide de la légitimité, la rigueur des saisons nous fit craindre un nouveau fléau. Le Gouvernement prit aussitôt des mesures pour remédier à l'insuffisance des récoltes. La Crimée, l'Afrique, l'Amérique ouvrirent leurs greniers et nous envoyèrent leurs blés. Les trésors inépuisables de la charité se répandirent de toutes parts. Quelques désordres éclatèrent, il est vrai, mais la clémence ne fut point séparée de la justice; l'exaspération du besoin ne fut pas confondue avec l'audace du crime. Tout rentra dans l'ordre; le crédit public ne reçut aucune atteinte de la difficulté des circonstances; et l'Europe comprit que l'indépendance d'une nation sortie victorieuse de tant d'épreuves, était désormais assurée.

Quelle est aujourd'hui notre situation? *Tout marche paisiblement*, c'est M. de Châteaubriand lui-même qui rend cet hommage à la vérité. N'est-ce rien qu'une marche paisible après de si vives commotions, et en présence de partis qui ne se réunissent que pour avoir la liberté de se déchirer et de déchirer la France? Si tout est paisible au milieu de nous, si la tribune politique est affranchie, si nulle puissance ne peut consacrer l'injustice, si les ressources du crédit ne sont pas au-dessous des besoins de l'Etat, si la morale publique, si l'instruction, si l'attachement aux lois font des progrès rapides; enfin si l'industrie, le commerce et l'agriculture reçoivent un mouvement salutaire, n'est-ce pas au *système politique*, approuvé par le Monarque, et suivi par le Ministère, que nous devons la paix intérieure et les avantages qui en sont les résultats nécessaires?

Ainsi, les amis du Roi et de la Charte peuvent opposer des raisonnemens à des sophismes; des preuves à des assertions gratuites; des réalités à des hypothèses; des vérités à des calomnies. Que l'homme qui aime véritablement son pays, que tout ce qui porte un cœur français, jugent maintenant entre le Gouvernement et ses détracteurs.

CHAPITRE II.

Lois proposées en conséquence du système politique suivi par le Ministère.

Après avoir considéré, dans son esprit général, le système politique suivi par le Ministère, M. le vicomte de Châteaubriand nous donne son avis sur les lois proposées par les Ministres; il les considère comme les premiers fruits de la conspiration qui s'est formée contre la monarchie.

M. de Châteaubriand s'occupe d'abord de *la loi sur les élections*. Il trouve qu'elle ne remplit pas les intentions de ses auteurs, parce qu'elle finira par amener, dans la Chambre des Députés, une majorité d'*indépendans* ou de *royalistes*, ce qui entraînera la chute du Ministère et de son système. Toutes ses réflexions, au sujet de la loi elle-même, sont résumées avec fidélité dans le passage suivant.

« *Il est bien à craindre qu'une loi des élections où l'influence légale de la grande propriété et le patronage des grands dignitaires ne balancent pas assez l'action populaire, ne sème de nouveau, dans nos institutions, les germes du républicanisme.* »

Avant d'examiner jusqu'à quel point cette crainte est fondée, il est bon de s'entendre sur ce que M. de Châteaubriand nomme les *indépendans* et *les royalistes*.

Les royalistes à la façon de M. de Châteaubriand, sont un petit nombre d'individus qui paraissent au public, à tort ou à raison, ne réclamer la liberté que pour commencer une lutte contre la liberté elle-même; ceux-ci ne pèsent guère dans la balance politique; ils conservent encore quelque ascendant sur quelques personnes qui, avec d'excellentes intentions, ont encore peu d'expérience des hommes et des choses; mais cet ascendant diminue tous les jours. Bientôt ils s'agiteront dans le vide, comme les ombres de l'enfer des poëtes.

Je ne sais quels sont les personnages auxquels M. de Châteaubriant applique le nom d'*indépendans*. J'ai entendu parler d'indépendance à l'époque des dernières élections; mais après avoir jeté un coup-d'œil sur une liste d'indépendans, qu'on eut la complaisance de glisser sous ma porte, j'imaginai qu'on ne s'était servi de cette expression que par anti-phrase. Dans tous les cas, leur indépendance est d'une date si fraîche, qu'on est excusable d'ignorer qu'ils affichent cette qualité. Je remarquai parmi ces indépendans, jusqu'à l'un des chambellans les plus obséquieux et les plus souples de Buonaparte. Au reste, il est ridicule de supposer qu'une douzaine d'individus feront un parti redoutable. A force d'exagération, ils étaient, je le sais, parvenus à tromper un assez grand nombre d'électeurs; je crois qu'on ne saurait blâmer le Ministère d'avoir éclairé l'opinion publique à leur égard. En agissant ainsi, les Ministres n'ont fait que suivre les conseils de M. de Châteaubriand, exprimés dans les termes suivans : « *Rien ne serait à mes yeux plus légitime qu'une influence exercée pour éloigner de la tribune publique tout homme exagéré dans ses sentimens* (1). » Ce qui était vrai en 1816 aurait-il cessé de l'être en 1817 ?

M. de Châteaubriand voudrait que l'influence *légale* de la grande propriété, et le *patronage* des grands dignitaires, eussent une action plus étendue sur les élections ; c'est-à-dire qu'il voudrait organiser une aristocratie qui dominerait dans les deux Chambres. Que deviendrait dans ce système l'autorité royale et les droits du peuple. Les intérêts de la grande propriété et des grands dignitaires ont leurs défenseurs dans la Chambre des Pairs. L'équilibre serait rompu si les intérêts des autres classes n'avaient pas des défenseurs naturels dans la Chambre des Députés. La loi des élections a donné au peuple tout ce qu'il pouvait recevoir sans danger pour lui-même, et sans danger pour la Monarchie.

M. de Châteaubriand passe de *la loi des élections* au *projet de recrutement*, qui a été reçu avec tant de faveur par tous les Français, sensibles à la gloire militaire et à l'indépendance de leur pays.

---

(1) *Mélanges de politique*, 2e, partie ; Opinions, p. 549.

Ce projet, qui répond suffisamment à toutes les diatribes des hommes qui accusent le Ministère de séparer l'intérêt du trône de celui de la nation, est odieux à M. le vicomte de Châteaubriand. Il est surtout choqué *du titre de l'avancement*, et désapprouve les dispositions qui garantissent à tous les braves la récompense de leurs services, et à l'armée des officiers intrépides et expérimentés. Le plus grave inconvénient de cette loi, c'est qu'il ne suffira plus d'un bivouac d'antichambre pour obtenir un brevet de colonel.

Après *la loi des élections* et *le projet de loi de recrutement*, deux crimes impardonnables du Ministère, M. de Châteaubriand arrive à ce qu'il nomme « *la triste loi d'exception pour les journaux* ».

Ici M. de Châteaubriand se rencontre face à face avec M. Benjamin de Constant, qui, de son côté, s'est fait l'organe de cette douzaine d'indépendans dont j'ai déjà été obligé de parler. M. Benjamin de Constant est encore plus fier que M. le vicomte de Châteaubriand ; il ne parle jamais aux Ministres qu'*au nom de la nation :* il trouve aussi que le Ministère marche très-mal, et qu'il nous conduit tout droit au despotisme. Puisqu'il prononce ses jugemens au nom de la nation, je ne puis m'empêcher de lui donner la préférence dans cette discussion. Je reviendrai, le plus tôt qu'il me sera possible, à M. de Châteaubriand.

M. Benjamin de Constant s'indigne toutes les fois qu'on lui parle de loi d'exception et de nécessité des circonstances. « *La nation*, s'écrie-t-il, *ne veut pas de lois d'exception ; la nation ne veut pas qu'on ait égard aux circonstances, elle veut que les journaux soient libres* (1) ».

Je connais un écrivain qui, sans craindre les imputations calomnieuses, a exposé au mépris et

---

(1) Ces paroles sentent la déclamation ; or, voici l'opinion de M. Benjamin de Constant sur les écrivains déclamateurs ; elle semble faite exprès pour la circonstance :

« Lorsque les écrivains se permettent des insinuations amères, » des déclamations exagérées, des regrets inutiles, ils n'agissent » pas séulement *contre le gouvernement particulier qu'ils n'aiment pas*, mais contre l'idée générale de l'ordre : ils mettent » un obstacle de plus à son rétablissement ; ils confirment le » peuple dans l'habitude du mécontentement, et font sentir au » gouvernement la nécessité de l'arbitraire. L'un s'irrite et se » refuse à l'obéissance, l'autre s'effraie et a recours à la vexa- » tion. Un troisième inconvénient retombe sur les écrivains eux- » mêmes : ils ôtent à leurs représentations les plus sages, à » leurs réclamations les mieux fondées tout le poids qu'elles au- » raient, en plaçant à côté d'elles des personnalités et des allu- » sions qui décréditent l'ouvrage et l'auteur, même auprès de la » malignité qui les accueille. » (*)

Quelques-uns des amis de M. Benjamin de Constant devraient souvent lire ce passage ; l'auteur lui-même ne ferait pas mal de suivre ses propres conseils ; mais l'expérience apprend que rarement on prend pour soi ceux que l'on donne aux autres.

(*) *Des Réactions politiques*, etc., page 25.

au ridicule cette métaphysique rigoureuse qui s'isole des faits et des réalités; c'est à lui que je vais laisser le soin de défendre le Ministère.

« Dans toutes les mesures de détail, dit cet écri- » vain, dans toutes les lois d'administration, une » chose seulement est constitutionnelle; c'est que » ces mesures soient prises, et ces lois faites *d'après* » *les formes que la constitution prescrit.*

» Gardez-vous, dit-il encore, *d'instituer* une » constitution tellement étroite, qu'elle entrave » *tous les mouvemens que nécessitent les circons-* » *tances* (1) ».

Cet écrivain qui s'écarte ainsi audacieusement de la rigueur des principes, et qui indique le moyen de faire constitutionnellement *des lois de circonstance*, cet écrivain, c'est M. Benjamin de Constant.

On lui objectait qu'il ne fallait jamais s'écarter de la constitution. Il répondait avec assurance au nom de la nation :

« Étendre une constitution à tout, c'est faire de » tout des dangers pour elle; c'est créer des écueils » pour l'en entourer (2).

» Avec *ces principes*, le Gouvernement n'a aucun

---

(1) *Des Réactions politiques*, par BENJAMIN DE CONSTANT, deuxième édition, augmentée de l'examen des effets de la terreur, pag. 96, 97.

(2) *Idem*, page 95.

» besoin d'arbitraire. Sans *ces principes*, il sera » forcé d'y recourir sans cesse ».

Il est aisé de voir, d'après ces maximes, qu'il n'y a point de loi d'exception qui ne soit dans les principes, pourvu qu'elle soit faite d'après les formes; point de loi de circonstance qui puisse violer la constitution, puisqu'une constitution ne doit pas être assez étroite pour entraver les mouvemens que nécessitent *les circonstances*.

D'après cela, M. Benjamin de Constant doit être bien étonné d'entendre reprocher au Ministère de nous conduire à l'arbitraire, parce qu'il demande constitutionnellement une loi temporaire d'exception pour les journaux.

Supposons qu'un gouvernement craignît la liberté des journaux, et n'osât, par respect *pour les principes*, restreindre cette liberté, il n'aurait qu'à s'adresser à M. Benjamin de Constant, qui lui fournirait aisément les moyens de remplir ses vues, sans manquer aux principes. Il ferait d'abord le tableau suivant des effets de la liberté des journaux :

« Lorsqu'on pense qu'il y a, chaque jour, un » grand nombre d'écrivains inventant ou répé- » tant des anecdotes calomnieuses contre tous les » hommes distingués; et même, pour peu qu'une » passion particulière les sollicite ou les soudoie, » contre les hommes les plus obscurs; portant la » désolation dans les familles; violant le sanctuaire

» de la vie domestique; déchirant les plus douces » affections; semant la division entre les époux; » rendant les *citoyens suspects à l'autorité* sous » laquelle ils vivent; *l'autorité odieuse* à ceux sur » qui elle est établie; exerçant, en un mot, un » genre de persécution indéfinie et minutieuse, » qui défie tous les ressentimens, et *élude toutes* » les lois, et commettant *tous ces crimes* pour la » misérable rétribution journalière qui sert à les » dispenser de tout genre de travail honnête et de » toute occupation *légitime*, on éprouve contre » l'institution même un mélange de mépris et » d'horreur.

» La puissance des journaux s'est élevée, comme » par magie, au milieu d'un écroulement univer- » sel. Elle donne de l'audace aux plus lâches, et » de la crainte aux plus courageux. L'innocence » n'en garantit pas; le mépris ne peut la repous- » ser. Destructive de toute estime et profanatrice » de toute gloire, elle défigure le passé, elle de- » vance l'avenir pour le défigurer de même, et, » grâce à ses efforts et à ses succès, il ne reste dans » une nation de vingt-cinq millions d'hommes pas » un nom sans tache, pas une action qui n'ait été » calomniée, pas une vérité rassurante, pas un » principe consolateur. » (1)

---

(1) *Des Réactions politiques*, par M. Benjamin de Constant, pag. 43 et suivantes.

Après avoir tracé ce tableau énergique des effets inévitables de la liberté des journaux, M. Benjamin de Constant disait :

« Il y a de grandes bases, auxquelles toutes les » autorités ne peuvent toucher ; mais la réunion » de ces autorités peut faire tout ce qui n'est pas » contraire à ces bases.

» Parmi nous, par exemple, ces bases sont une » représentation nationale, l'indépendance des tri- » bunaux, l'inviolable maintien des propriétés » que la constitution a garanties, l'assurance de » n'être pas détenu arbitrairement, de n'être point » distrait de ses juges naturels, de n'être point » frappé par des lois rétroactives, et quelques « autres principes en petit nombre.

» Cela seul est constitutionnel. Les moyens » d'exécution sont législatifs. » (1).

On voit, d'après l'opinion de M. Benjamin de Constant, que la liberté même de la presse n'est point au nombre de ces bases, auxquelles les autorités réunies ne peuvent toucher. Le Gouvernement n'est pas libéral à la manière de cet écrivain. Il admet la liberté de la presse au nombre des principes constitutionnels ; s'il réclame une restriction temporaire à la liberté des journaux, c'est à raison des circonstances pénibles où nous sommes pla-

(1) *Des Réactions politiques*, par M. Benjamin de Constant, page 96.

cés ; il annonce que cette mesure transitoire est nécessaire au repos de l'Etat ; il demande cette marque de confiance aux défenseurs des droits du peuple. Est-ce là la marche d'un Gouvernement qui penche vers le despotisme ?

Cependant M. Benjamin de Constant, oubliant les principes qu'il a solennellement professés, nous dit aujourd'hui :

« *La question de la liberté des journaux est de-*
» *venue nationale. La nation s'associe de toutes les*
» *puissances de sa sympathie et de ses vœux aux*
» *efforts honorables des défenseurs de la liberté des*
» *journaux;* c'est-à-dire aux efforts de M. de la
» Bourdonnaie et de M. Benjamin de Constant.
» *Sans la liberté des journaux, la Charte est vio-*
» *lée, la Constitution n'existe pas. C'est l'avis de*
» *la nation.* »

Contentons-nous d'opposer M. Benjamin de Constant à lui-même ; c'est une opposition qui ne peut l'offenser. Quoi ! pourrait-on lui dire, les restrictions à la liberté des journaux, jugées nécessaires pour un temps limité, ne sont-elles pas une mesure administrative ? et si cette mesure est légalement établie par les autorités réunies, n'est-elle pas, selon vous-même, conforme au système constitutionnel ? N'avez-vous pas assuré qu'il n'y a point d'arbitraire lorsque les formes constitutionnelles sont observées ? Faut-il, *en étendant une constitution à tout, créer des écueils pour l'en entourer?*

Prétendrez-vous que la liberté des journaux est sans danger ? N'oubliez pas que c'est vous, vous-même qui en avez tracé le tableau. C'est vous qui nous avez montré ce que nous devions en attendre. Ne vous souvenez-vous plus de ces écrivains qui, pour se faire un honteux revenu des passions factieuses, toujours prêtes à éclater, sont disposés à fouiller dans les égoûts de la révolution, à déshonorer la plus noble cause, à exercer un genre de persécution indéfinie et minutieuse, qui défie tous les ressentimens et élude toutes les lois. Vous voulez donc ressusciter brusquement cette puissance qui donne de l'audace aux plus lâches et de la crainte aux plus courageux, dont l'innocence ne garantit pas, et que le mépris ne peut repousser, qui porte la désolation dans les familles, viole le sanctuaire de la vie domestique, et rend l'autorité odieuse à ceux sur qui elle est établie.

Comment, vous qui avez blâmé avec tant d'énergie cette métaphysique sévère, qui veut que l'État périsse plutôt qu'un principe, êtes-vous devenu tout à coup un métaphysicien si intraitable? Vous répondrez sans doute que les temps sont changés, que les hommes ne sont plus les mêmes; cela est vrai. Grâces au ciel *les temps sont changés;* nous n'avons plus à redouter ces *mouvemens de circons-*

tance qui vouaient dès classes entières à la proscription et au désespoir. Comme je crois l'avoir déjà dit, les haines s'affaiblissent, tout tend au repos et à la consolidation de nos libertés ; l'opinion favorable aux nouvelles institutions se fortifie et s'étend par degrés. Mais à qui devons-nous ces bienfaits, si ce n'est *au système politique* suivi par le Ministère ? Chaque année, on peut dire même chaque jour, amène de nouvelles améliorations dans l'ordre social. C'est ainsi que les choses humaines se perfectionnent, et que nous parviendrons, sous un Gouvernement qui ne peut avoir d'autre intérêt que l'intérêt public, à jouir de toutes nos libertés sans passer par la licence.

Les hommes ne sont plus les mêmes, je le veux encore ; mais *les passions sont les mêmes*. On les reconnaît à leur langage, surtout à leur hypocrisie : on entend même leurs sourds frémissemens, comme ceux des vents dans l'antre d'Eole. Ouvrez les flancs de la caverne, il en sortira des tempêtes.

Les journaux libres seront modérés. Quelle garantie avez-vous de cette modération ? Vous jugez de ce qu'ils seront, par ce qu'ils sont forcés d'être aujourd'hui. L'apparence vous séduit. Examinez de plus près ; voyez si les journaux qui professent des opinions opposées ne sont pas toujours prêts à se harceler. Ne citons que *la Quotidienne* et le *Journal du Commerce*. Ne ressemblent-ils pas quelquefois à des dogues irrités qu'on retient à toute force par la queue et par les oreilles, et qui, s'ils viennent à être lâchés, se précipitent avec fureur l'un sur l'autre, au grand dommage de ceux qui voudraient suivre paisiblement leur chemin, et qui sont exposés à être salis ou mordus.

Pour juger de la couleur que prendraient les journaux, voyez les brochures; lisez, si vous pouvez, les lâches calomnies, les odieuses personnalités, les provocations dangereuses dont la plupart sont remplies; voyez avec quelle perfidie elles défigurent les mesures les plus sages du Gouvernement, et sur quelles allusions séditieuses leurs auteurs fondent l'espoir de leur succès, peut-être même celui d'une nouvelle époque d'anarchie.

Quel peut être le but du Gouvernement en réclamant, d'après les formes prescrites par la constitution, la suspension limitée de la liberté des journaux, sinon de maintenir la tranquillité publique, de donner à l'opinion le temps de se former, et aux passions celui de se calmer. On ne risque point d'être démenti, lorsqu'on assure que la nation approuve ce système de paix et de conciliation, qui seul peut assurer l'existence de la Charte et le salut de l'Etat.

M. Benjamin de Constant admet en principe « *la nécessité des circonstances* »; ainsi je pense qu'il approuvera la citation suivante, par laquelle je terminerai cette discussion. C'est un passage du dernier rapport de M. de Lally-Tolendal, qui pourrait, sans étonner personne, parler au nom de la nation :

« La légèreté, l'imprudence, nous ne voulons » pas dire la malveillance, peuvent facilement » railler, comme banale, l'allégation *de circons-* » *tances extraordinaires*, dédaigner comme ser- » vile la confiance au Gouvernement. Nous répon- » drions comme Bacon : Un peu de libéralité en » éloigne, beaucoup y ramène.

» Oui, la France est placée dans les circons- » tances les plus extraordinaires où jamais se soit » trouvée une grande nation ; car il faut qu'elle » joigne à l'élévation du plus noble courage l'im- » passibilité de la plus haute sagesse.

» Oui, ces circonstances extraordinaires, leur » ascendant, leur mobilité, leur issue doivent » être la préoccupation constante du Gouverne- » ment français ; car c'est son devoir, c'est son » mérite, et ce sera notre salut.

» Oui, nous devons confiance au Gouvernement » qui, à travers tant d'entraves, nous a déjà fait » faire de si grands pas vers le complément de » notre restauration ; à ce Gouvernement qui ne » demande pour prix de son dévouement que de » ne pas se dévouer en vain. Ce Gouvernement » avait mérité la confiance publique dès le pre- » mier jour où il a conçu la difficulté de vaincre » des difficultés qu'il était impossible de calculer. » Il l'a méritée plus encore en triomphant avant

» le temps de plusieurs de ces difficultés; et luttant aujourd'hui contre la plus grande, mais la » dernière de toutes, il a droit d'être aidé par » *tout bon Français* dans les moyens de la sur- » monter. »

Je ne serais pas surpris que le Gouvernement attachât plus de prix à la noble confiance de M. de Lally-Tolendal qu'à l'approbation de MM. Fiévée et Benjamin de Constant.

CHAPITRE III ET DERNIER.

Qu'est devenue la Chambre des Députés sous l'influence du système politique suivi par le Ministère?

Je reviens à M. de Châteaubriand, qui réclame la liberté des journaux avec autant de chaleur que M. Benjamin de Constant; car, en général, les partis ne demandent que des armes et un champ de bataille : jusque-là ils ont l'air de s'entendre. M. de Lally-Tolendal, qui ne pense qu'au bien de son pays, a répondu d'une manière victorieuse à l'un et à l'autre de ces écrivains; je ne pourrais qu'affaiblir ses paroles éloquentes par un froid commentaire. Ainsi, je regarde la question comme décidée, et je l'abandonne.

M. de Châteaubriand examine, dans la dernière partie de sa brochure, ce qu'est devenue la Chambre des Députés sous l'influence des Ministres.

Nous allons à notre tour reprendre chacune de ses accusations, et en les faisant passer au creuset de la vérité, nous verrons ce qui en sortira.

« 1°. *Le Ministère a laissé la Chambre des Députés se briser en plusieurs parties.* »

En admettant que la Chambre soit brisée, est-ce bien le Ministère qui est la cause de ces ruptures? Ne serait-ce pas plutôt l'esprit de parti, l'ambition de quelques individus, la faiblesse de quelques autres? Faut-il, pour réunir tous les suffrages, que les Ministres, infidèles à leurs devoirs, tombent dans le piége qui fut autrefois tendu aux Ministres de Louis XVI, et qu'ils ne surent pas éviter. Ceux-ci, pour s'excuser, pouvaient alléguer l'inexpérience. Après tant de révolutions, cette excuse serait inadmissible.

Toutefois, je ne pense pas que la Chambre des Députés soit aussi disloquée que M. de Châteaubriand se plaît à le supposer. On y rencontre sans doute des hommes diversement exagérés, dont les opinions, à force de s'étendre, se sont momentanément rapprochées; mais on doit croire, et je suis convaincu, que la grande majorité de la Chambre est composée d'hommes raisonnables et de bons citoyens. S'il en est quelques-uns parmi eux qui aient pu se laisser surprendre par des professions équivoques de principes, ils ne tarderont pas à reconnaître leur erreur; ils verront où l'esprit de parti voudrait les précipiter; ils jugeront les hommes, moins par des harangues étudiées que par la conduite qu'ils ont tenue à différentes époques. Ainsi la majorité se fortifiera de tout ce qui ne sent pas le besoin de déplacement et de révolution.

« 2°. *Les minorités royalistes sont contre nature. On ne s'accoutumera point à voir dans l'opposition les plus fidèles soutiens du trône.* »

Ce terme de *royalistes*, comme je crois en avoir fait la remarque, demanderait une définition. Il ne suffit pas pour être royaliste de dire qu'on est royaliste, pas plus qu'il ne suffit de répéter à tout venant qu'on est honnête homme pour avoir de la probité. Il faudrait agir de manière à n'avoir aucun besoin de se qualifier exclusivement d'un titre commun à tous les bons Français et à tous les honnêtes gens. M. de Châteaubriand voudrait-il insinuer que la majorité de la Chambre des Députés n'est pas royaliste. Les aberrations de l'esprit de parti me sont trop bien connues pour que rien à cet égard excite ma surprise. M. de Châteaubriand nous permettra d'appeler de son jugement. Aux yeux de tout homme qui n'a pas renoncé à l'usage de sa raison, les royalistes qui sont vraiment royalistes, c'est-à-dire dévoués au Roi, ne cherchent point à entraver la marche du Gouvernement : ils sentent de quelle importance il est, dans les circonstances actuelles, de faire des sacrifices même d'amour-propre et d'ambition à l'intérêt de l'État. Dans tous les cas, on parviendrait difficilement à me persuader que M. Lainé et M. de Lally-Tolendal sont moins royalistes que M. de Châteaubriand et M. le duc de Brissac.

A qui fera-t-on croire que *les plus solides soutiens du trône* soient dans le parti de l'opposition? On remarque dans ce que M. de Chateaubriand nomme *les minorités royalistes* des gens estimables, dupes de quelques ambitieux. Ceux-ci doivent rire intérieurement de s'entendre nommer *les plus solides soutiens du trône*. Ils savent bien dans le secret de leur conscience à quoi s'en tenir là-dessus. C'est quelque chose de vanter sa fidélité; le principal serait d'être fidèle dans tous les temps.

Les plus fidèles soutiens du trône de Henri IV, Lanoue, Crillon, Mornay, Sully parlaient peu de leurs services. Ils pensaient plus à l'intérêt du Roi et à celui de la patrie qu'à leur intérêt; ils ne cherchaient point à imposer au Souverain leur opinion pour règle de conduite. Ceux-là restèrent fidèles au trône, et la postérité bénit leur mémoire. Qu'aurait-elle à dire des fidèles royalistes de M. de Châteaubriand, s'ils persistaient à séparer leur cause de la cause royale, à établir un système permanent d'opposition à toutes les intentions du Roi et à tous les actes de son gouvernement?

« 3°. *Le Ministère a fait deux choses de la royauté et des royalistes.* »

Si je comprends bien cette phrase, M. de Chateaubriand voudrait que la royauté et les royalistes de la minorité ne fissent qu'une seule et même chose, ou en d'autres termes, que l'autorité royale fût exclusivement confiée à cette espèce de royalistes. Cela pourrait bien leur convenir. Mais de bonne foi! M. de Châteaubriand pense-t-il que cet amalgame fût utile au Roi, et agréable à la France? Le Roi serait-il alors véritablement Roi; c'est à dire, pourrait-il exercer son pouvoir avec cette haute indépendance qui fait de la royauté le rempart du faible contre l'oppression et l'injustice. Si les royalistes, comme M. de Chateaubriand, M. de la Bourdonnaie, M. Benoît, étaient *la même chose* que la royauté, la royauté aurait donc des intérêts particuliers, des opinions exagérées; elle aurait de l'amour-propre, elle serait irritable et passionnée. Dieu sait ce qui adviendrait d'une telle royauté! On ne peut guère y penser sans frémir.

Il y a une singulière conformité dans la marche de l'esprit de parti. C'était aussi une prétention des *ultrà-révolutionnaires* de ne pas faire deux choses de la république et des républicains par excellence. Ils voulaient la république pour eux seuls, comme certains royalistes veulent la royauté. Ne poussons pas plus loin le parallèle. Les *ultrà-révolutionnaires* perdirent la république en s'identifiant avec elle, en lui donnant leur soif de vengeance, leur exagération de principes et leur féroce cupidité. La royauté, assise sur des bases impérissables, ne court point un pareil risque. Elle n'est point soumise aux passions, elle les domine; elle n'est point la propriété d'une minorité; c'est un bien commun; c'est une autorité tutélaire, qui règne par la sagesse, et qui commande au nom des lois.

Au surplus, je ne crois pas que le Ministère ait fait *deux choses* de la royauté et des royalistes; je pense que ces deux choses se sont faites d'elles-mêmes, et qu'il en sera toujours ainsi sous un gouvernement institué pour le bonheur de tous.

« 4°. *Le Ministère oblige les royalistes de voter avec les indépendans. Les indépendans ont montré du talent et de la mesure. Les royalistes ne sont point ennemis des opinions. Moi-même (M. le vicomte de Châteaubriand), je pense qu'on peut rencontrer les amis de la monarchie constitutionnelle parmi les anciens partisans de la république.* »

Comment le Ministère oblige-t-il les royalistes de la minorité à voter avec les indépendans? quels sont ses moyens de coërcition? Si *ces royalistes* se croient obligés de voter avec *les indépendans*, uniquement parce que les projets de loi sont présentés par des hommes qui leur déplaisent, est-ce la faute du Ministère, ou la faute d'une ambition aveugle? Quoi! les mêmes individus qui, en 1815, provoquaient et recevaient avec le plus violent enthousiasme les lois d'exception qu'ils ne trouvaient jamais assez sévères, s'opposent aujourd'hui, avec la même fureur, aux mesures répressives de la licence? A cette époque, ils couvraient de leurs vociférations la voix d'un *indépendant*, lorsque par hasard il se montrait à la tribune. Maintenant ils applaudissent aux opinions les plus exagérées; que dis-je, ils adoptent, ils caressent ces mêmes opinions, ces mêmes principes qui leur paraissaient favoriser *les intérêts révolutionnaires*. Ils voudraient, sans égard pour la royauté, sans égard pour l'état des choses, pousser ces passions et ces principes, jusqu'à leurs plus extrêmes conséquences. Ils se réunissent à des hommes qu'ils regardaient naguères avec horreur; qu'ils accusaient d'avoir été les complices et les instrumens de l'usurpation, les plus dangereux ennemis de la légitimité; et cette versatilité de sentiment, ce mépris de l'opinion qui suffirait seul pour démentir leur profession de loyauté, ils ne rougissent point d'en faire hautement l'apologie; ils rejettent leur opprobre sur le Ministère, comme s'il était possible au Ministère d'inspirer des idées saines à des esprits aveuglés par la passion.

« *Les royalistes ne sont point ennemis des opinions.* » Qu'est-ce à dire? Quoi! pas même des opinions que vous avez signalées vous-même comme *les intérêts moraux de la révolution.* Aveu naïf et précieux qui prouve une chose dont la France avait besoin d'être convaincue, c'est que dans certaines bouches les plus bruyantes protestations d'attachement exclusif aux doctrines monarchiques et religieuses, ont été rarement sincères, et n'avaient, en général, d'autre but que de couvrir des intérêts personnels, et les projets d'une ambition effrénée.

Voyez jusqu'où l'esprit de parti peut porter la déraison ! Le plus grave reproche que M. de Châteaubriand ait fait au Ministère, c'est de ne s'être pas armé contre les opinions ; de n'avoir pas établi, dans chaque département, une inquisition chargée de faire la guerre aux opinions ; il s'indignait de cette tolérance, qui lui paraissait l'indice le plus frappant de la grande conspiration ministérielle. Cependant, lui-même n'est point *l'ennemi des opinions ;* il croit même qu'on peut rencontrer des amis de la monarchie parmi les vieux républicains. Je ne sais trop ce que penseront, d'une telle indulgence, M. de Marcellus et M. de Sallaberry.

Je ne veux pas le dissimuler : je partage l'opinion de M. de Châteaubriand ; je pense, comme lui, qu'il est un grand nombre de Français qui ont été séduits par de brillantes théories de perfection sociale, et qui ont cru de bonne foi que les institutions de l'antiquité pouvaient convenir aux temps modernes. Une trop funeste expérience les a détrompés; ils trouvent aujourd'hui dans la Charte toutes les garanties qui peuvent assurer leurs droits légitimes, et sont entrés avec confiance sous un régime constitutionnel. Les touchantes sollicitudes du Roi, qui s'étendent à toutes les classes de citoyens, le système d'indulgence, de modération et de fermeté suivi par le Ministère, ont fortifié cette confiance et cimenté cette réconciliation. Que le Gouvernement tienne l'engagement pris par un Ministre à la tribune; qu'il suive d'un pas assuré cette marche, dont rien ne doit le faire varier, et bientôt il verra s'éteindre toutes les oppositions violentes, et les obstacles s'évanouiront devant lui.

« 5°. *On serait tenté de regarder l'existence du Ministère actuel comme un phénomène. Il ne se rattache point à l'opinion royaliste (de la minorité), il ne s'appuie point sur l'opinion indépendante.* »

C'est là précisement ce qui explique le phénomène.

« 6°. *Le Ministère n'est qu'une cotterie poussée par une faction. Cette faction veut faire triompher les opinions révolutionnaires* (1). »

---

(1) M. le vicomte de Châteaubriand n'a point d'auxiliaire plus intrépide et plus zélé que M. le comte de Sallaberry. Ce dernier voit la conspiration contre la légitimité « *s'avancer par un vent prospère et à voiles déployées* » sous les auspices du Ministère. Voilà bientôt trois ans que ces Messieurs ont pris la peine de signaler cette grande conspiration; et malheureuse-

Quelle est donc cette faction ?

« *Ce sont*, répond M. de Châteaubriand, *les hommes qui ont applaudi à l'ordonnance du 5 septembre, à la loi des élections, et qui vont ap-*

---

ment ils ont crié dans le désert. On leur a demandé où était cette conspiration ; ils ont répondu qu'elle était partout ; qu'elle se promenait, « *le front découvert* » dans les carrefours ; qu'elle bloquait les avenues de tous les Ministères, qu'elle escamotait toutes les places de l'administration, qu'elle se faisait voir de temps en temps à la tribune politique, et qu'elle avait les grandes entrées à la cour. On les a priés de nous dire pourquoi cette conspiration se trouvant partout, on ne l'apercevait nulle part ; ces Messieurs ont répondu que ce n'était pas leur faute si tout le monde était aveugle. On leur a conseillé de prendre quelques grains d'ellébore ; ils n'ont rien répondu.

S'il y a un côté ridicule dans cette affaire, il y a aussi un côté très-sérieux. Supposons que ces hommes d'état, à l'œil de linx, parvinssent au pouvoir, supposition que je crois chimérique quelque chose qui arrive ; mais enfin admettons l'hypothèse.

Quel est l'homme assez borné pour ne pas apercevoir les conséquences de cette prétendue conspiration contre la légitimité, et le vaste champ qu'elle ouvrirait aux vengeances, aux proscriptions, aux vexations de tout genre? Qui pourrait se flatter de n'avoir pas un ennemi, et de n'être pas compris dans cette conspiration ? tous les hommes qui ont servi ou cru servir la France depuis vingt-cinq ans, soit dans le civil, soit dans le militaire, ne seraient-ils pas désignés comme des conspirateurs? La probité de l'administrateur, les cicatrices du guerrier seraient-elles un abri contre la persécution ?

Nous savons par expérience ce qu'on peut faire avec des conspirations imaginaires et en répandant la terreur dans la masse du peuple, naturellement soupçonneux et avide d'émotions. C'est *plaudir au projet de loi de recrutement.* » Ce qui signifie, cette faction est composée de tous les Français opposés au système de proscription cathégorique ; de tous ceux qui ont servi dans les divers emplois depuis vingt-cinq ans ; de tous les individus qui ont besoin de repos pour labourer leurs champs, pour recueillir leurs moissons, faire leur commerce, exercer leur industrie; de tous les militaires qui ont combattu pour la défense du territoire, qu'on trouvait partout où il y avait des dangers à braver, de la gloire à acquérir.

---

avec ce mot de *conspiration* que les *ultrà-révolutionnaires* couvrirent la France de prisons et d'échafauds. Avec *les prévôts* et *les gendarmes* de M. le vicomte de Châteaubriand; avec *le Jupiter tonnant* de M. le comte de Sallaberry, et *la conspiration contre la légitimité de la puissance invisible de* 1816, et *le génie du mal de* 1818, qui tourmentent le cerveau de l'honorable député, ne pourrions-nous pas recevoir les mêmes scènes et les mêmes résultats? Je suis bien éloigné de croire que cette intention soit la leur ; mais pensent-ils qu'ils pourraient opposer des digues à ce nouveau torrent révolutionnaire qui déborderait de toutes parts? Sans doute, une nouvelle époque de terreur serait de courte durée; mais la nation entière une fois ulcérée par des affronts sanglans, une fois irritée par le sentiment de ses pertes et de sa dégradation, comment s'y prendrait-on pour la gouverner, et quelle force humaine l'empêcherait de tomber dans l'anarchie ? Où s'arrêteraient donc la vengeance et la destruction?

Insensés, qui croyez jouer avec la foudre et commander aux tempêtes, revenez à vous-mêmes; bénissez le Monarque qui s'efforce de cicatriser les anciennes plaies de l'Etat et de prévenir

Ainsi cette faction se compose de la France entière, moins quelques personnes entraînées par l'ambition, et séduites par l'intérêt. Pour ma part, je ne suis pas fâché que le Ministère soit poussé par *cette faction*. Nouvelle explication du phénomène de son existence.

« 7°. *Que deviendrons-nous lorsque la France, devenue libre par la retraite des troupes étrangères, nous nous trouverons seuls en présence des passions que nous aurons armées*(1) ? »

Quoi! c'est M. de Châteaubriand, c'est un pair de France qui redoute l'époque où le sol de la

---

de nouveaux malheurs; reconnaissez la sagesse du Gouvernement qui vous sauve de vos propres fureurs, et qui, malgré vous, consolidera la paix publique et le règne des lois. Pensez-vous donc que les Français soient assez stupides pour ne pas sentir les bienfaits d'un Gouvernement juste et modéré, qui voudrait tout concilier, tandis que vous voudriez tout proscrire? Quelle garantie pensez-vous nous offrir? Sont-ce des discours qui tendent à soulever les passions et *à ranimer le feu de la révolution?* Est-ce votre union tardive avec quelques exagérés d'un autre genre? Daignez donc réfléchir; croyez que nous ne sommes pas des imbécilles, et que vous n'avez, ni les uns ni les autres, assez de talent, de considération, de consistance pour rallier autour de vous deux hommes raisonnables; car ceux avec qui vous êtes ne sont pas avec vous, vous renient et vous désavouent. C'est au Roi, c'est à la Charte que nous devons, que vous devez vous rallier; hors de là point de salut.

(1) Ce n'est pas sans éprouver un sentiment pénible qu'on a entendu à la tribune des deux Chambres certains orateurs, qui *se disent Français*, essayer de jeter l'alarme parmi les étrangers

patrie sera délivré de la présence de l'étranger! A-t-il bien pensé aux conséquences d'une telle appréhension? est-elle digne d'un Français? Voudrait-il retarder l'instant où les armées de l'Europe retourneront dans leurs foyers? Il demande ce que nous deviendrons lorsque cet événement aura lieu, comme si la nation n'était pas digne de l'indépendance, et qu'elle eût besoin de l'étranger pour conserver sa paix intérieure. Que M. de Châteaubriand se rassure, les passions ne seront point ar-

---

au sujet de *la loi du recrutement*. Ces déclamations n'ont produit aucun effet, parce que les étrangers qui jugent de sang froid, connaissent l'énergique modération du Roi et son amour pour la paix. Ils savent aussi que le moyen de prévenir les troubles intérieurs, d'assurer le repos de l'Europe, est la création d'une force militaire proportionnée aux ressources et aux besoins de la France. La manie des conquêtes est loin de nous, il serait impossible de la réaliser sous un Roi légitime et sous un gouvernement constitutionnel. L'armée française a fait ses preuves; elle ne peut être, avec la légitimité, qu'un moyen d'indépendance et de paix. L'équilibre de l'Europe serait rompu si la France n'était pas indépendante, libre et puissante.

M. le vicomte de Châteaubriand a dit à la tribune de la Chambre des Pairs « *qu'un membre de la minorité devait se demander avant de prendre la parole, s'il lui restait encore quelque sacrifice à faire.* » Ces Messieurs voudraient attaquer le Gouvernement et être traités en amis par le Gouvernement. Il y a trop de *poésie* dans cette prétention. Que ces nobles orateurs fassent le sacrifice de leur vanité et de leur ambition, et ils pourront monter à la tribune sans avoir rien à se demander et à se reprocher.

mées, et ce malheur ne retardera pas la délivrance de la patrie. En vain des hommes dont la fureur révèle l'impuissance, voudraient entretenir la nation dans une habitude de mécontentement, qui semblerait ne laisser d'autre ressource au Gouvernement que de recourir à l'arbitraire. La nation et le Gouvernement ne donneront pas dans le piége. Les Français voyant « *que tout marche paisiblement*, » que le Ministère agit dans l'intérêt général, se réuniront, à la voix du Monarque, au trône constitutionnel. Le Gouvernement se défendra de l'arbitraire, instrument dangereux pour ceux qui l'emploient. C'est d'après les formes que la Constitution prescrit, qu'il obtiendra les mesures d'administration nécessaires pour réprimer l'esprit de parti, pour sauver les principes de l'exagération qui les tue, pour affermir les institutions qui doivent assurer le bonheur et l'indépendance de la nation. Le moment arrivera où l'étranger, témoin des progrès de la liberté, de l'amélioration de l'esprit public, de notre courageuse résignation dans l'adversité, se retirera plein de respect pour la sagesse du Roi, et d'estime pour le peuple français. Ce ne seront ni des déclamateurs qui voudraient arriver au pouvoir en risquant l'anarchie, ni des pamphlétaires qui vantent leur *indépendance*, en la mettant aux gages de quelques libraires, courtiers intéressés de scandale et de dénigrement, dont l'influence arrêtera les destinées d'une nation libre et généreuse. Les

Français écouteront les conseils de la sagesse : en se rappelant tout ce qu'ils ont souffert de l'anarchie et du despotisme, ils s'estimeront heureux de trouver le repos à l'abri de la Charte ; ils suivront les avis du Prince, fidèle interprête des intentions du Roi, qui a répandu tant de consolations dans nos provinces, et dont l'auguste présence a désarmé les passions et réuni tous les cœurs dans un sentiment commun, dans l'amour du Souverain et le respect pour les lois.

FIN.

www.ingramcontent.com/pod-product-compliance
Ingram Content Group UK Ltd.
Pitfield, Milton Keynes, MK11 3LW, UK
UKHW020431230726
13925UKWH00004B/1683